Sophie et le monstre aux grands pieds

Sophie et le monstre aux grands pieds

HENRIETTE MAJOR

Illustrations :
MICHEL GARNEAU

Données de catalogage avant publication (Canada)

Major, Henriette, 1933-

Sophie et le monstre aux grands pieds

(Pour lire)
Pour enfants.

ISBN: 2-7625-7027-1

I. Garnotte. II. Titre. III. Collection

PS8576.A52S658 1993   jC843'.54 C93-096081-5
PS9576.A52S658 1993
PZ23.M34So 1993

Conception graphique de la couverture : Dufour et Fille

Illustrations couverture et intérieures : Michel Garneau

Édition originale © Les éditions Héritage inc. 1988
Réédition © Les éditions Héritage inc. 1993

Dépôts légaux : 4e trimestre 1993
Bibliothèque nationale du Québec
Bibliothèque nationale du Canada

ISBN: 2-7625-7027-1   Imprimé au Canada

LES ÉDITIONS HÉRITAGE INC.
300, Arran, Saint-Lambert (Québec) J4R 1K5
(514) 875-0327

1

L'hiver

Moi, j'aime ça l'hiver à cause de la neige et de tout ce qu'on peut faire avec : des boules, des bonshommes, des forts. J'aime ça surtout à cause de Noël. Il y a plusieurs fêtes dans l'année, mais Noël, c'est la fête des fêtes. On sait que Noël s'en vient quand il y a plein de décorations dans les vitrines et de la musique de Noël à la radio. Alors, les grandes personnes deviennent énervées et les enfants très excités. On se met à penser aux cadeaux, parce que Noël, c'est la fête des cadeaux.

Bertrand, mon petit frère, il croit encore au Père Noël. Moi, je n'y crois plus depuis longtemps. Quand j'ai arrêté d'y croire, j'ai fait semblant pendant un petit bout de temps pour ne pas décevoir mon père : le pauvre s'était donné tant de mal pour se déguiser, même s'il avait mis sa barbe de travers… Mais cette année, mon père ne s'est pas déguisé en Père Noël. Pour la première fois, on n'a pas fêté Noël tous ensemble moi, ma mère, mon père et mon petit frère parce que maintenant, mes parents sont séparés. Ça fait qu'on a eu deux Noëls, un chez ma mère et un chez mon père : on était bien contents, mon frère et moi.

Même si je ne crois pas au Père Noël, je lui avais quand même écrit une lettre, on ne sait jamais… Voilà ce que je lui avais écrit :

Cher Père Noël,

Ce que je voudrais le plus au monde, c'est un animal à moi toute seule, mais c'est pas la peine de vous le demander puisque ma mère ne veut pas de chien, ni de chat, ni d'oiseau, ni rien. Alors, la deuxième chose que je voudrais le plus au monde, c'est des skis de couleur argent et un anorak rouge pour devenir championne de ski, parce que quand on est championne de ski, c'est comme si on volait, et moi j'ai très envie de voler. Pour mon petit frère, apportez-lui un « punching bag ». Vous savez, un ballon qu'on tape dessus. Comme ça il va peut-être arrêter de taper sur moi.

Signé : Sophie

(Moi, pas ma cousine qui porte le même nom.)

P.-S. Père Noël, vous devriez vous mettre au régime, parce que ma mère dit que les bedons, c'est pas bon pour la santé.

Eh bien, même s'il n'y a pas de vrai Père Noël, j'ai eu le plus beau cadeau de Noël de toute ma vie ! J'ai eu Alfred ! Alfred, c'est mon poisson rouge qui est arrivé dans un bocal avec un petit château vert et du gravier rose au fond. Un poisson rouge vivant pour moi toute seule ! Bien sûr, je ne peux pas me rouler par terre avec lui comme avec un chien, je ne peux pas le caresser comme un chat, mais je peux en prendre soin et lui parler. Quand je lui parle, il ouvre la bouche comme s'il voulait me répondre. C'est pour ça que je l'ai appelé Alfred, parce qu'il fait comme mon oncle Alfred quand il fume sa pipe.

À part ça, je n'ai pas eu de costume de nylon rouge ni de skis de couleur argent : à la place, j'ai eu un chandail bleu et une soucoupe volante en plastique. Avec une soucoupe volante en plastique, on peut glisser dans la neige, mais on ne peut pas devenir championne de ski. Mes parents m'ont expliqué que des skis ça coûte cher et que, si on a des skis, il faut aller en voyage de ski et ça coûte encore plus cher. C'est pas qu'ils sont pauvres mes parents : c'est juste qu'ils ne sont pas riches.

J'ai remarqué qu'il y a trois sortes de monde : le monde riche qui a des skis, une grosse auto et des manteaux de fourrure ; le monde pauvre qui n'a pas d'auto du tout ni de skis ni de manteau de fourrure mais des mitaines avec des trous; et le monde ordinaire comme moi qui a une soucoupe volante et une petite auto et les vieilles affaires de sa cousine.

Je me suis beaucoup amusée avec ma soucoupe volante en plastique durant les vacances de Noël. Maintenant que les vacances sont finies, je vais glisser le samedi ou le dimanche avec mes amis de la bande à Sophie. Dans ma bande, il y a Lucie et Nadia et Éric; il y a surtout Antoine qui est mon meilleur meilleur ami.

Oui, j'aime bien l'hiver, même quand Noël est passé. J'aime bien quand il fait un temps doux mouillé et que mes pieds font slosh, slosh dans la neige. J'aime bien aussi quand il fait soleil et très froid et que le ciel est d'un bleu plus bleu que bleu. Alors, sur les trottoirs, la neige est raide comme du plastique et ça fait cric crac quand on

marche dessus, et ma respiration forme des petits nuages comme ceux qui sont suspendus dans le ciel.

C'est vrai qu'alors on se gèle les pieds et les mains, que son nez coule et qu'on a les lèvres gercées et que parfois on attrape le rhume. Mais après, quand il commence à tomber de la belle neige toute neuve, on ne pense plus au froid. On s'installe à la fenêtre, on regarde les flocons danser et on a l'impression d'être emporté en tourbillonnant comme eux dans le vent. Puis, on sort dehors, on regarde en l'air, on ouvre la bouche pour en avaler quelques-uns. Puis, on examine ceux qui sont tombés sur sa manche : ils ressemblent à des petites étoiles et sa manche, c'est comme un ciel et c'est la plus belle chose au monde.

C'est pour ça que j'aime l'hiver, même après Noël quand on retourne à l'école. Après les Fêtes, le temps passe vite : il y a parfois des tempêtes de neige et on a congé, et c'est les vacances d'hiver qui arrivent en février. Oui, moi, j'aime ça l'hiver.

2

Une idée

Tout a commencé jeudi dernier. Le ciel était d'un beau bleu, la neige craquait sous les bottes et il faisait un froid à vous rougir les joues et à vous engourdir les doigts. Moi et mes amis de la bande à Sophie, on s'est retrouvés à la sortie de l'école. Ces jours-ci, on s'embête un peu parce qu'il n'a pas neigé dernièrement: la vieille neige est dure comme du ciment, ça fait que ce n'est pas très drôle d'aller glisser sur les pentes du Mont-Royal. On peut toujours aller patiner sur l'étang du parc

Lafontaine, mais il y a beaucoup de monde et on se perd dans la foule.

— Qu'est-ce qu'on pourrait bien faire? a demandé Antoine.

— Ouais, tu n'aurais pas une idée, Sophie? a repris Nadia.

J'ai répondu:

— Pourquoi c'est toujours à moi d'avoir des idées?

— Parce que c'est toi la cheffe, voilà pourquoi, a affirmé Éric.

Ce n'est pas toujours drôle d'être cheffe: des fois, on n'a pas d'idées, mais il faut se forcer pour en trouver parce que les autres comptent sur vous. Pendant que je réfléchissais, Chantal s'est écriée:

— Moi, j'ai une idée! On devrait organiser un spectacle de patinage artistique!

Ça, c'était le comble ! Qui donc a des beaux patins blancs avec des lames spéciales pour faire des huit ? Chantal. Qui a un bel ensemble en velours bleu avec une petite jupe qui montre ses cuisses quand elle fait la toupie ? Chantal. Qui donc suit des cours de patinage artistique à l'aréna où son père va la conduire tous les samedis matin dans sa grosse auto noire ? Chantal, naturellement.

Moi, j'ai les vieux patins bruns de mon cousin et pour aller patiner, je porte mon vieux jean et mon anorak vert que sa fermeture éclair est coincée. Pour le mettre, je dois le passer par-dessus ma tête. Ça fait que, le patinage artistique, ça me fait grincer des dents. J'ai déclaré :

— Le patinage artistique, c'est débile !

Tout le monde s'est mis à parler en même temps. Éric et Antoine ont protesté :

— C'est pas débile!

Nadia et Lucie ont répliqué:

— Oui! c'est débile!

C'est drôle, quand on se dispute, les garçons se rangent toujours du côté de Chantal. C'est peut-être parce qu'elle a de beaux yeux bleus et de longs cheveux blonds frisés... Comme la chicane continuait, Éric a suggéré:

— Venez tous chez moi: on va jouer avec mon jeu de «La guerre des étoiles».

Les autres se sont regardés en tapant des pieds sur la neige. On commençait à avoir les orteils gelés, et quand on a les orteils gelés, on n'est plus capables de penser: c'est comme si l'engourdissement des orteils montait jusqu'au cerveau. Alors, Éric est parti dans la direction de sa maison, et tous les autres l'ont suivi, sauf moi et Antoine.

Comme Antoine, c'est mon meilleur ami, je n'étais pas surprise qu'il soit resté avec moi. On s'est mis à marcher vers notre rue. J'ai déclaré :

— C'est stupide d'aller jouer à «La guerre des étoiles» dans un sous-sol quand il fait si beau dehors.

— Tu n'avais qu'à trouver une bonne idée pour s'amuser dehors.

J'ai soupiré.

— Tu sais, Antoine, j'ai comme un grand trou dans ma tête à la place des idées. Je n'aime pas ça...

— Tu n'as qu'à faire la sorcière pour trouver une idée.

Antoine m'a déjà aidée à jouer à la sorcière, mais il me croit plus sorcière que je ne le suis.

— Quand je fais la sorcière, je sais seulement inventer des philtres d'amour et jeter des mauvais sorts, ai-je répondu. Et puis, j'ai cessé de jouer à la sorcière depuis la fois où j'ai jeté plein de mauvais sorts à Chantal et que ça a failli mal tourner…

Dans le temps de l'Halloween, j'avais jeté un mauvais sort à Chantal et elle avait attrapé la rougeole. Je me sentais encore coupable quand j'y pensais. Mais je me suis dit: « Faire la sorcière pour trouver des idées, ce n'est pas du tout vilain comme de jeter des mauvais sorts. »

— Allons chez toi! ai-je suggéré. Je jouerai avec Hortense et peut-être que ça m'inspirera une recette de sorcière.

Hortense, c'est la couleuvre d'Antoine. Antoine me la prête parce que ma mère ne veut pas que j'aie de couleuvre, ni de chat, ni de chien. Maintenant, j'ai Alfred, mais je ne peux pas le prendre dans mes mains comme

Hortense. Chez Antoine, j'ai décidé d'inventer un philtre à idées. On est allés dans la cuisine et j'ai commencé à mélanger du vinaigre, de l'huile d'olive, du sel, du poivre et de l'estragon.

— Tu veux faire une vinaigrette? a demandé Antoine.

— Mais non! c'est juste la base de ma recette de philtre à idées, ai-je répondu en mélangeant les ingrédients dans un bol. Maintenant, il me faut quelque chose qui a touché ma tête puisque c'est de là que viennent mes idées.

J'ai sorti mon peigne, j'y ai ramassé quelques cheveux que j'ai déposés dans le bol avec le reste des ingrédients.

— Ouache! Tu ne vas pas avaler ça! s'est écrié Antoine.

— Ne t'inquiète pas, je vais seule-

ment le sentir. Maintenant, passe-moi Hortense.

J'ai pris une grande respiration, puis de ma main gauche, j'ai fait passer la couleuvre au-dessus du philtre en respirant très fort et en disant:

— Sophie la sorcière cherche une bonne idée pour amuser ses amis de la bande à Sophie.

J'ai fermé les yeux. J'ai pensé à l'étang du parc Lafontaine où on va patiner, qui m'a fait penser aux pentes du Mont-Royal où on va glisser dans la neige. Tout à coup, j'ai eu comme le commencement du début d'une idée. J'ai crié:

— Ça y est! Je sais ce qu'on va faire. On va organiser une course au trésor dans la neige.

— Une course au trésor? Avec quel trésor?

— Je trouverai bien quelque chose. L'important, c'est de placer des indices. Toi et moi, on pourrait s'occuper de ça samedi matin.

— Samedi matin, je ne peux pas: tu sais bien que ce jour-là, je termine ma distribution de journaux plus tard que les autres jours; j'ai plein de clients pour les journaux de fin de semaine. Et puis, il faut que j'essaie de vendre d'autres abonnements si je veux devenir le « camelot du mois ».

Antoine, il est camelot. Il se donne beaucoup de mal pour devenir le « camelot du mois ». Il ne faut pas le déranger dans son travail. J'ai un peu réfléchi, puis je me suis écriée:

— J'y pense: la semaine prochaine, on a congé d'école à cause des vacances d'hiver. Ça tombe bien! On ira placer les indices lundi matin et on fera la course dans l'après-midi.

Antoine était bien d'accord. En rentrant chez moi, je me creusais la tête pour trouver quel trésor on pourrait bien cacher... C'est que, des trésors, on ne trouve pas ça à tous les coins de rue. Moi, j'ai une boîte à trésors dans mon tiroir, mais c'est des trésors juste pour moi comme la photo d'Antoine et des beaux cailloux que j'ai ramassés cet été. Il faut que je déniche un objet qui serait un trésor pour tout le monde.

3

L'orpheline

Quand je suis arrivée chez moi, ma mère venait de rentrer de son travail et elle était en train de discuter avec notre gardienne. C'était justement à propos des vacances d'hiver. Moi, je trouve que des vacances, ça tombe toujours bien, mais ma mère, elle trouvait que le congé d'école tombait bien mal parce que le mari de Régina, notre gardienne, s'était fait mal au dos ; alors, pendant le congé, Régina était obligée de garder son mari plutôt que de nous garder, mon petit frère et moi. Ma mère était bien embêtée parce qu'elle n'avait pas congé d'école à son bureau et qu'elle ne savait pas quoi faire avec nous autres, les enfants. Moi, j'ai dit à ma mère :

— Tu pourrais nous amener en voyage de ski. Ah! si j'avais un bel habit de ski en nylon rouge et des skis de couleur argent, je suis sûre que je deviendrais championne.

— L'habit ne fait pas le moine, a dit ma mère.

— Mais je ne veux pas être moine, je veux être championne de ski!

— D'abord, tu n'as pas de skis, et ensuite, je t'ai déjà dit que je n'ai pas les moyens de t'amener en voyage. Attends, je vais téléphoner à ton père : il serait temps qu'il s'occupe de ses enfants.

Depuis que mes parents sont séparés, ils sont obligés de se téléphoner quand ils veulent se chicaner.

— Je ne sais pas quoi faire avec les enfants. Je m'arrache les cheveux! qu'a dit ma mère au téléphone.

Elle exagère: ça lui coûte bien trop cher chez le coiffeur pour qu'elle risque de déplacer ses belles frisettes. Après s'être disputée avec mon père, ma mère m'a annoncé:

— Carole veut bien s'occuper de ton frère pendant la semaine de congé, mais pour toi...

Carole, c'est la nouvelle femme de mon père. Je n'avais pas du tout envie de passer la semaine de congé avec Carole, parce que je m'entends plutôt mal avec elle, mais j'étais enragée de savoir qu'elle avait choisi de garder mon frère Bertrand et pas moi. Je me suis mise à pleurnicher et j'ai dit à ma mère:

— Personne ne m'aime! Si personne ne veut de moi, je vais m'en aller

à l'orphelinat comme une pauvre enfant abandonnée et si tu veux m'avoir, il faudra que tu viennes m'adopter!

Ma mère m'a embrassée et elle a soupiré:

— Sophie! cesse de tout dramatiser. Tu n'as qu'à aller passer la semaine chez ta grand-mère.

J'étais justement en train de lire «La maison aux pignons verts». C'est l'histoire d'une pauvre orpheline qui vit dans un orphelinat. Un jour, un vieux monsieur et une vieille dame ont besoin d'un orphelin pour les aider dans les gros travaux, mais on leur envoie l'orpheline à la place. La vieille dame de l'histoire me faisait penser à ma grand-mère, à ses tartes aux pommes et à son chat Pistache. J'ai couru au téléphone:

— Allô! grand-maman! Tu n'aurais pas besoin d'une orpheline pour faire les gros travaux?

— Les gros travaux? a-t-elle répondu, comme de rentrer le charbon et de frotter les parquets à la laine d'acier?

— Oui, ou bien de battre les tapis et de ramoner la cheminée...

— Il y a aussi plusieurs draps à laver à la main, vu que ma machine à laver est brisée. Quand arrives-tu?

— Je serai là dimanche.

Ma bonne humeur était revenue: moi et ma grand-mère on s'amuse toujours beaucoup ensemble. J'ai téléphoné à Antoine pour lui apprendre la nouvelle.

— Allô! Antoine? C'est à propos de la course au trésor. J'ai un problème. Je ne serai pas chez ma mère pendant la semaine des vacances d'hiver.

— Ah! non? Tu seras chez ton père?

— Heu... non! Durant cette semaine-là, mon père s'en va en Afrique chasser les crocodiles. Il ne peut pas m'amener parce que c'est trop dangereux.

— Où tu seras?

— Je serai chez ma grand-mère.

— Et alors? Elle va t'empêcher de sortir? Je suppose que ta grand-mère, c'est une sorcière qui va t'enfermer dans un sombre cachot?

— Mais non, ma grand-mère est une bonne sorcière avec un vieux chat noir gentil. Mais il va falloir que je m'occupe d'elle vu qu'elle a l'âge d'or et pas de mari ni d'enfants. Il paraît que c'est pas drôle d'avoir l'âge d'or quand on est vieux et qu'on est tout seul.

— Je sais : moi, j'ai un grand-père qui a l'âge d'or aussi et qui reste avec son vieux chien toujours essoufflé.

— On devrait les faire rencontrer, ton grand-père et ma grand-mère. Comme ça, ils ne seraient plus orphelins.

— Mais j'y pense, si tu dois t'occuper

de ta grand-mère, tu n'as qu'à l'amener avec toi à la course au trésor.

Antoine, je le trouve génial. Je suis sûre que ma grand-mère va aimer ça, faire la course au trésor.

4

Adrien

Le lendemain après l'école, les amis de la bande à Sophie se sont réunis. Je leur ai proposé la fameuse course au trésor dans la neige. On a convenu de se retrouver le lundi après-midi au pied des pentes du Mont-Royal où d'habitude on va glisser.

Je pensais raccompagner Antoine chez lui pour aller jouer avec Hortense, mais il m'a dit:

— Il faut que j'aille chez mon grand-père pour essayer de lui vendre un abonnement au journal. Tu veux venir avec moi?

Je voulais bien. On a marché jusqu'à la rue Mont-Royal où il y a plein de magasins. La maison du grand-père, c'est pas une maison, c'est une petite boutique avec une vitrine sale où c'est écrit: «Adrien, réparations en tout genre».

— Adrien réparations en tout genre, c'est mon grand-père, a dit Antoine.

Une petite cloche accrochée à la porte a fait ding! ding! quand on est entrés. Aussitôt, un gros chien gras s'est mis à aboyer et s'est jeté sur nous pour nous lécher.

— Tranquille! Pluton! a crié un petit monsieur en s'avançant dans la boutique.

Dès que j'ai pu me dépêtrer des embrassades de Pluton, j'ai jeté un coup d'œil autour de moi. Quel fouillis!

C'était pire que dans ma chambre avant que ma mère m'oblige à faire le ménage ! J'ai dit d'un ton admiratif :

— Le beau désordre !

Le grand-père s'est mis à rire.

— Tu as bien raison, ma petite fille : le désordre, ça peut être esthétique.

J'ai pensé : « Il faut que je me souvienne de cette phrase-là pour la répéter à ma mère la prochaine fois qu'elle me demandera de faire le ménage… »

— Assoyez-vous, les enfants, je reviens tout de suite, a dit le monsieur en disparaissant derrière un rideau.

On a poussé quelques affaires et on s'est assis. J'ai chuchoté à Antoine :

— Ma mère me punirait si je laissais autant de traîneries dans ma chambre. Je me demande pourquoi les grandes personnes ont le droit de faire des choses qu'elles nous défendent de faire...

— C'est parce qu'elles n'ont pas de père et de mère pour leur dire quoi faire, a répondu Antoine.

« C'est vrai, ça, ai-je pensé. Personne ne dit jamais aux grandes personnes : 'Tiens-toi droit ! Fais ton lit ! Ramasse tes affaires ! Va te laver les mains ! Dis bonjour ! Dis merci !' Pas étonnant que les grandes personnes se conduisent si mal... »

Adrien réparations en tout genre est revenu et nous a offert des chocolats. Lui et Pluton en ont englouti une dizaine pendant qu'Antoine et moi, nous en avons mangé chacun un : j'ai compris alors pourquoi Adrien et son chien étaient si ronds...

— Tu sais, a dit Antoine, si je réussis à vendre cinq abonnements au Grand Journal, je recevrai un beau chandail

rouge avec « camelot du mois » écrit dessus. J'ai pensé que tu voudrais peut-être t'abonner...

Adrien a tout de suite sorti son porte-monnaie.

— Bien sûr ! Je trouve qu'un garçon qui se lève tous les jours à cinq heures et qui va livrer ses journaux par tous les temps, ça mérite d'être encouragé.

Antoine a écrit tout ce qu'il fallait sur une grande feuille de papier et il a embrassé son grand-père sur les deux joues. Puis il lui a demandé :

— Qu'est-ce que tu inventes, de ce temps-ci, grand-père ?

— Oh ! je travaille à une invention secrète.

— Tu es un inventeur ? Un vrai ? ai-je demandé. Qu'est-ce que tu as inventé ?

Alors, Adrien nous a montré quel-

ques-unes de ses inventions : l'ouvre-
bouteille musical qui met de la gaîté
dans une fête, le téléphone lumineux
qui permet de téléphoner dans le noir
et le porte-parapluies chauffant pour
sécher les parapluies mouillés.

— C'est extraordinaire ! me suis-je
exclamée. Où est-ce que tu prends tes
idées pour inventer tes inventions ?

— Des idées, il y en a partout, a-t-il répondu. Pour avoir des idées, il faut voir
le monde d'une certaine façon qui n'est
pas celle de tout le monde. Il faut savoir
regarder et écouter pour vrai : la plupart
des gens regardent sans voir et enten-
dent sans écouter.

« Il a raison », me disais-je dans ma
tête en pensant à mes parents et à mon
maître d'école qui me regardent souvent comme si j'étais transparente.

Antoine a repris d'un air complice :

— Ton invention secrète, tu peux bien nous en parler à nous...

— Pour le moment, c'est un grand secret. Je ne peux pas en parler avant d'avoir obtenu un brevet, autrement on pourrait me voler mon invention.

Tout à coup, j'ai pensé : «Sûrement qu'un inventeur comme Adrien pourrait nous donner une idée pour le trésor...» Alors, je lui ai dit :

— Tu sais, on a organisé une course au trésor dans la neige pour la bande à Sophie, mais on n'a pas de trésor.

Il s'est gratté la tête.

— Hum ! à quel genre de trésor aviez-vous pensé ?

— Je ne sais pas, moi... Des bijoux, des pièces de monnaie...

— Attention ! Un trésor n'est pas toujours un trésor. Supposons que vous êtes sur une île déserte et que vous trouviez un coffret rempli de pierres précieuses : elles ne pourraient vous servir à rien... Ce serait un trésor qui ne serait pas un trésor. Par contre, si, sur cette île déserte, les naufragés trouvent une caisse de boîtes de conserves, ça, ce serait un trésor !

— Mais non ! le trésor, ce serait un ouvre-boîte ! ai-je répondu.

Il a éclaté de rire.

— Cette Sophie, elle en a des idées !

— Tu avais raison tout à l'heure, ai-je repris. Il faut dénicher un trésor qui sera un vrai trésor pour la personne qui le trouvera.

— Un trésor qu'on pourra cacher dans la neige, a précisé Antoine.

— Je l'ai, votre trésor, a déclaré Adrien. De quoi a-t-on envie quand on a fouillé dans la neige et qu'on a les mains gelées?

— On a envie de se réchauffer les mains.

Alors, Adrien est allé dans l'arrière-boutique et il est revenu avec un objet brillant.

— Voici mon prototype de mitaines chauffantes, a dit Adrien en nous montrant des mitaines en tissu métallique qui faisaient penser à des gants de cosmonaute. À l'intérieur de chaque mitaine, il y a une pile qui réchauffe des fils quand on appuie sur ce bouton. La personne qui les trouvera sera ravie d'avoir découvert un tel trésor!

J'étais vraiment épatée. Je me suis écriée:

— C'est vrai? Tu nous donnes ce trésor?

Il a fait oui de la tête. Alors, je lui ai

sauté au cou. Antoine a fait comme moi, ça fait qu'Adrien a failli tomber sur le dos pendant que Pluton se mettait à aboyer.

— Bon, bon, ça va, les enfants ! Maintenant, vous allez me laisser travailler. Vous viendrez me donner des nouvelles de votre course au trésor.

Une fois dehors, j'ai dit à Antoine :

— Ton grand-père est génial ! Ça ne fait rien qu'il ne nous ait pas parlé de son invention secrète. Moi, j'aime ça, les secrets, parce que ça nous donne envie de les découvrir.

— De toute façon, a dit Antoine, les grandes personnes, elles ont toujours toutes sortes de secrets pour les enfants, comme comment les bébés viennent au monde et des choses comme ça.

— On pourrait peut-être espionner ton grand-père pour découvrir son secret.

— C'est une bonne idée : je vais venir rôder par ici pendant la semaine de congé.

— Je viendrai t'aider quand je pourrai...

Avec la course au trésor et l'espionnage du grand-père, les vacances d'hiver promettaient d'être excitantes. On a couru chez Antoine et on a passé un bon moment à écrire les indices qui mèneraient à la cachette du trésor. Il ne nous restait plus qu'à aller les cacher sur le Mont-Royal. On s'est donné rendez-vous pour le lundi suivant.

5

Sophie s'installe

Quand je suis arrivée chez ma grand-mère, dimanche en fin d'après-midi, ça sentait le gâteau qui cuit et le pipi de chat: ça sent toujours le pipi de chat chez ma grand-mère parce que son chat Pistache est vieux et qu'il s'oublie des fois sur le tapis.

— Tiens, voilà l'orpheline! s'est écriée ma grand-mère.

J'ai déposé par terre mon sac à dos, ma soucoupe volante en plastique rouge et un grand sac à provisions que ma mère m'avait prêté.

— Ma foi! te voilà équipée comme pour une expédition! Qu'est-ce que tu as là-dedans?

— Oh! dans mon sac à dos, j'ai mes vêtements. Ça, c'est ma soucoupe volante en plastique pour aller glisser. Dans l'autre sac, j'ai seulement quelques affaires.

— Fais voir un peu...

J'avais mis sur le dessus le bocal d'Alfred avec son petit château vert et son gravier rose. Alfred, il était au chaud dans ma poche, dans un sac en plastique bien noué avec un peu d'eau au fond. Ma grand-mère et moi, on a vite rempli le bocal et remis Alfred dedans et on l'a posé sur la table du salon.

Ensuite, ma grand-mère a sorti du sac mon vieil ourson tout avachi que je

suis trop grande pour jouer avec, mes patins à glace, mon jeu de Monopoly, mon jeu de magie, ma boîte de crayons de couleur, trois bandes dessinées, le livre « La maison aux pignons verts », une boîte de chocolats et un pot de beurre d'arachides granuleux.

— Ah ! oui, ai-je dit, la boîte de chocolats, c'est pour toi, de la part de ma mère.

— Merci ! surtout qu'elle sait que je suis au régime…

— T'en fais pas, je les mangerai.

— Et le pot de beurre d'arachides, c'est aussi pour moi ?

— Non, c'est pour moi : quand je viens ici, tu as toujours du beurre d'arachides lisse, et moi, je préfère le granuleux.

— Ah, bon ! Je vois que tu as tout

prévu. Pour une pauvre orpheline, tu es assez bien munie. Et qu'est-ce que c'est que ça? a-t-elle demandé en sortant les mitaines métalliques.

— Ça, c'est le trésor.

Alors, j'ai parlé à ma grand-mère d'Adrien réparations en tout genre, de la course au trésor et des trésors qui sont de vrais trésors. Elle a commenté:

— Ça semble quelqu'un d'intéressant, cet Adrien réparations en tout genre… Maintenant, viens t'installer dans la salle de couture. Tu prendras les mêmes draps que la dernière fois parce que ma machine à laver n'est pas encore réparée.

Ma grand-mère est couturière, c'est pour ça qu'elle a une salle de couture. Dans cette pièce, il y a sa machine à coudre, une table pleine de bouts de tissus et un vieux divan.

Quand j'habite chez ma grand-mère, c'est là-dessus que je dors. Quand je vais chez mon père, je couche aussi sur un divan. Un divan, c'est pas comme un vrai lit qui sert seulement à se coucher, parce qu'un divan, n'importe qui peut poser ses fesses dessus. Après avoir dormi sur les divans des autres, je suis toujours contente de retrouver mon vrai lit à moi avec ses creux et ses bosses et ses couvertures qui pèsent juste ce qu'il faut et ses odeurs qui sont mes odeurs à moi.

En allant déposer mes affaires près du divan, j'ai aperçu le téléphone sur la table de travail. J'ai pensé à la machine à laver en panne et j'ai téléphoné à Antoine pour lui en parler. Il a dit qu'il allait arranger ça.

Ensuite, je suis allée au salon pour regarder la télévision. Pistache était comme toujours installé dans le meilleur fauteuil, juste en face de l'appareil. Je l'ai poussé un peu, mais il a aplati ses oreilles et sorti ses griffes. Il avait l'air de dire: «Je suis chez moi et c'est mon fauteuil.» C'est toujours comme ça, quand je viens chez ma grand-mère. Pistache et moi, on se dispute le meilleur fauteuil.

J'ai failli le laisser tranquille parce qu'avec un chat de sorcière, on ne sait jamais... Mais j'ai pensé: «Cette fois, tu ne gagneras pas, espèce de vieux chat miteux!»

Et j'ai dit tout haut:

— Allons, Pistache, sois poli! Laisse le fauteuil aux personnes!

C'est drôle, en m'écoutant parler, j'avais l'impression d'entendre ma mère... Pistache s'est enfoncé dans le fauteuil; il a fermé les yeux et a fait semblant de dormir; mais je savais qu'il ne dormait pas parce qu'il bougeait la queue comme quand il est fâché. Alors, je lui ai donné une bonne poussée et il s'est retrouvé par terre, et moi je me suis vite assise à sa place qui était toute chaude. J'ai pensé : « C'est comme ça dans la vie ; les plus gros ont raison des plus petits et les personnes ont raison des bêtes. » Pistache m'a regardée d'un air indigné : on aurait dit que ses yeux jaunes lançaient des éclairs. Il a fait :

— Marnâwe !

Je suis sûre que c'est un gros mot en langage de chat.

— Pistache, tu n'as pas honte ! que j'ai dit d'un air scandalisé.

Il a filé à la cuisine. Moi, je me sentais un peu malheureuse, comme quand j'ai bousculé mon petit frère. Mais j'ai bientôt oublié Pistache, parce qu'il y avait un bon film à la télévision.

Je n'aime pas les programmes de télévision où les gens vivent dans des maisons ordinaires et où ils se chicanent pareil comme nous autres ; on n'a pas besoin de regarder la télévision pour voir ça. J'aime les films où les gens vivent dans des châteaux ou bien dans des pays très loin avec des fleurs géantes et des palmiers sur des plages. Je n'aime pas les films avec des policiers ou des cow-boys qui tirent toujours du revolver ; je sais bien que quand quelqu'un saigne à la télévision, c'est rien que du ketchup, sauf si ça se passe pendant les informations. J'aime mieux les histoires où le bon embrasse la bonne et où tout finit par s'arranger.

Moi et ma gardienne, on regarde souvent des films ensemble, et quand l'histoire est triste, on pleure ensemble toutes les deux et on aime ça. J'étais bien installée, en train de regarder le film quand ma grand-mère m'a dit:

— Sophie, tu veux bien ramasser les journaux qui traînent? J'attends de la visite.

— Quelle visite?

— C'est une surprise.

Moi, j'aime ça, les surprises. Les surprises, c'est comme les cadeaux de Noël: c'est toujours plus excitant avant que pendant et après. Mais souvent, les grandes personnes promettent des surprises aux enfants et quand la surprise

arrive, c'est même pas une vraie surprise… Ça fait que pour la surprise de
ma grand-mère, j'avais mes doutes…
J'ai quand même ramassé les traîneries
parce que les grandes personnes, elles
veulent toujours faire croire à la visite
qu'elles ne laissent jamais rien traîner.
Après, je suis retournée voir la fin du
film à la télévision. Le bon embrassait la
bonne : c'était un vrai bon film.

6

La surprise

Tout à coup, on a sonné à la porte.
Je suis allée ouvrir parce que ma grand-
mère était occupée à la cuisine. C'était
Antoine et son grand-père. Je ne savais
pas qu'ils viendraient si tôt.

— C'est pour la machine à laver, a
dit Adrien.

Je les ai fait entrer. Ma grand-mère a
crié :

— Qu'est-ce que c'est, Sophie ?

J'ai amené Antoine et son grand-
père dans la cuisine. J'ai dit :

— C'est pour la machine à laver.

— Je n'ai demandé personne pour la machine à laver, s'est écriée ma grand-mère en piquant son gâteau avec un cure-dents. Qui vous a dit qu'elle était brisée ?

Je me suis précipitée en expliquant :

— C'est moi, grand-maman. Lui, c'est mon ami Antoine, et lui, c'est son grand-père, Adrien réparations en tout genre. J'ai pensé te rendre service...

— Ah ! c'est vous, l'homme au trésor ! a dit ma grand-mère. Bon, puisque vous êtes là, vous pouvez toujours jeter un coup d'œil, M. Adrien réparations en tout genre. Pendant ce temps-là, je vais me changer de robe.

Elle est allée dans sa chambre. Les grandes personnes, quand elles attendent de la visite, il faut toujours qu'elles se déguisent en dimanche, même quand ce n'est pas dimanche, mais là, comme c'était vraiment dimanche, c'était le moment ou jamais de se déguiser en dimanche.

J'ai amené Antoine au salon pour le présenter à Pistache et à Alfred. Pendant ce temps-là, Adrien poussait la machine à laver au milieu de la cuisine et déboulonnait le panneau arrière.

Arrivé au salon, Antoine a déclaré :

— J'ai une surprise pour toi.

— Toi aussi ! C'est le jour des surprises.

Avec Antoine, j'avais plus confiance que la surprise allait être une vraie surprise. Il a dit :

— Ferme les yeux et ouvre les mains !

J'ai senti quelque chose de doux et de frétillant : il m'avait mis Hortense dans les mains !

J'étais très contente de la voir. Un qui était moins content, c'était Pistache. Il a arrondi le dos et s'est mis à dire des injures en langage de chat. J'ai essayé de le calmer en le flattant, mais il m'a égratigné le poignet et il a sauté sur Hortense. En voulant protéger Hortense, Antoine a fait tomber une lampe, un cendrier et le porte-journaux. Ça fait que quand ma grand-mère est arrivée dans sa belle robe, le salon était un peu sens dessus dessous. Elle était si furieuse qu'elle a failli échapper son dentier.

Il a fallu prendre le temps de s'expliquer et de tout ramasser. Tout à coup, ma grand-mère s'est mise à renifler. C'est vrai que ça sentait le brûlé...

— Mon gâteau ! qu'elle a crié.

Dans la cuisine, elle a eu du mal à se rendre jusqu'à la cuisinière parce qu'Adrien avait défait les entrailles de la machine à laver et il avait étalé les morceaux par terre sur de vieux journaux. En sortant du four le gâteau tout noir, ma grand-mère hurlait à Adrien :

— Qu'est-ce que vous faites là, vous ? Vous deviez juste jeter un coup d'œil !

— Mais, pour jeter un coup d'œil, ma bonne dame, il faut d'abord démonter. Adrien ne fait pas les choses à moitié.

— Vous allez me ramasser tout ça en vitesse. J'attends quelqu'un. Oh ! là là ! Et mon gâteau qui est brûlé ! Qu'est-ce que je vais faire ?

J'ai dit :

— Tu pourrais toujours ouvrir une boîte de conserve comme tu fais d'habitude.

À ce moment-là, on a vu arriver à la porte de la cuisine un monsieur qui portait une rose enveloppée de plastique transparent. Il était tout mince et tout raide avec des cheveux blancs et une petite moustache.

— Arthur! a crié ma grand-mère en l'apercevant.

— Excusez-moi, ma chère Janine, j'ai sonné mais comme personne ne venait m'ouvrir…

— Hum! c'est que nous avons un peu de branle-bas ici…

— Je vois bien ça…

Là, ma grand-mère a essayé de mettre de l'ordre, mais elle n'a réussi qu'à se salir les mains sur les pièces de la machine à laver. Elle a marmonné:

— Quelle maison de fous!

Moi, j'ai dit à Adrien:

— Il faut l'excuser: c'est à cause de son âge d'or…

Puis, j'ai demandé au monsieur à la rose:

— C'est vous, la surprise?

— Heu… je suppose que oui…

— C'est bien ce que je pensais: la surprise, c'est pas une surprise…

Adrien avait commencé à ramasser ses outils.

— C'est la courroie de transmission qui est brisée, a-t-il déclaré. Je crois que j'en ai une à mon atelier. Je pourrais venir l'installer demain si ça vous arrange.

— Vous n'allez pas laisser toutes ces pièces au milieu de la cuisine! s'est écriée ma grand-mère.

— C'est comme vous voulez, ma bonne dame. Si je remonte, je devrai démonter demain tandis que si je laisse démonté…

— D'abord, je ne suis pas votre «bonne dame»: appelez-moi Janine, ça fait plus jeune. Comment vais-je faire pour préparer le repas avec toutes ces pièces par terre ? J'avais invité Arthur à manger et mon gâteau est brûlé et ma cuisine est à l'envers ! Je regrette, Arthur, mais...

— Je vois que je dérange, a déclaré Arthur, l'air pincé. Je reviendrai un autre jour.

Il a tourné les talons et il est parti presque en courant, emportant sa rose enveloppée de plastique. Ma grand-mère s'est laissée tomber sur une chaise.

— Pour une fois que j'avais rencontré un beau veuf ! a-t-elle soupiré.

Adrien a souri.

— Moi aussi, je suis veuf, vous savez. C'est un peu ma faute si votre invité s'est sauvé. Si vous voulez, je vous invite tous à manger au restaurant.

Je me suis mise à sauter sur place.

— Hourra ! J'aime ça, moi, manger

au restaurant! Allons chez Miss Hambourgeoise!

C'est comme ça qu'on s'est tous retrouvés chez Miss Hambourgeoise, moi, Antoine, Hortense, ma grand-mère et Adrien. On a bien mangé et on s'est bien amusés.

À la fin de la soirée, Adrien appelait ma grand-mère «Chère Janine» et elle l'appelait «Cher Adrien». Je crois que malgré leur âge d'or, ces deux-là ne sont plus orphelins.

7

Les traces du monstre

Le lundi matin, j'avais rendez-vous avec Antoine sur les pentes du Mont-Royal pour préparer la course au trésor. J'ai invité ma grand-mère à nous accompagner. Elle a déclaré :

— J'aurais bien aimé te donner un coup de main, mais Adrien doit venir réparer la machine à laver ce matin. Je ne peux pas m'absenter.

Je suis donc partie seule pour rejoindre Antoine. Il avait neigé durant la nuit. Antoine et moi, on était contents, on pourrait creuser dans la neige pour y placer nos indices. On aurait pu les cacher le long de la route déblayée qui mène au sommet, mais c'était trop facile. On a plutôt décidé de suivre la piste de ski de fond et de raquette qui passe à travers les arbres. On n'avançait pas très vite car, à certains endroits, on enfonçait dans la neige jusqu'aux genoux.

Au début, le terrain était assez plat. On suivait de près les marques de skis et de raquettes. On avait déjà caché deux indices quand tout à coup, Antoine s'est écrié :

— Hé ! Sophie ! Viens ici ! Je vois quelque chose de bizarre !

Je me suis approchée et j'ai aperçu des traces ovales ; elles avaient à peu près la forme d'un pied, d'un très grand pied avec des petits creux à la place des orteils et du talon. Antoine et moi, on a d'abord été muets de surprise.

— Qui a bien pu laisser des traces pareilles?… a murmuré Antoine. Ça ne ressemble à rien que je connais.

— Je sais! ai-je affirmé, très excitée: c'est l'Abominable Homme des Neiges!

— Qu'est-ce que tu racontes? a répondu Antoine. Comment un homme peut-il être beau et minable en même temps?

— Tu chercheras le mot abominable au dictionnaire, espèce d'abominable ignorant. L'Abominable Homme des Neiges, c'est un géant poilu qui vit dans les montagnes et qui laisse des traces dans la neige avec ses grands pieds nus. J'ai lu ça dans un livre sur les monstres.

— Ah! oui, s'est écrié Antoine, je me souviens maintenant! C'est dans «Tintin dans les Himalayas». On l'appelle aussi le Yéti, ce monstre-là. Mais les Himalayas, c'est des montagnes au bout du monde : le Yéti ne vit sûrement pas par ici.

— Non, mais son cousin le Sasquatch, c'est un Canadien. Il paraît qu'il vit dans les montagnes Rocheuses.

— Le Sasquatch ! Tu parles d'un nom !

— Les Amérindiens lui ont donné ce nom parce que ça fait sasquatch, sasquatch quand il marche dans la neige avec ses grands pieds nus.

— Hum ! les montagnes Rocheuses, c'est pas à la porte non plus…

— Non, mais le Sasquatch a peut-être émigré sur le Mont-Royal, comme ces gens qui émigrent ici parce qu'ils ne sont pas bien dans leur pays.

— S'il est sur le Mont-Royal, comment ça se fait que personne ne l'a jamais trouvé ?

— C'est parce que personne ne l'a jamais cherché.

— C'est vrai, ça, approuva Antoine d'un air songeur... Et nous, on pourrait peut-être le trouver parce qu'on le chercherait...

— On n'a qu'à suivre les traces : elles vont sûrement nous mener jusqu'au monstre aux grands pieds. Tu te rends compte ? On va découvrir un quelqu'un d'extraordinaire et tout le monde va parler de nous.

— Heu... Je ne tiens pas tellement à faire parler de moi. Et puis, qu'est-ce qu'on va faire si on arrive face à face avec le monstre?

Je n'avais pas réfléchi à ça... mais rien que d'y penser, ça m'a donné mal au ventre. Une cheffe ne doit pas avoir peur, ça fait que j'ai ravalé ma salive en cherchant une réponse. J'ai eu une idée:

— Je sais ce qu'on va faire maintenant: on va rentrer chacun chez soi et on va revenir cet après-midi avec un appareil-photo. Je suis sûre que ma grand-mère va me prêter le sien. Si on rencontre le Sasquatch, on le photographiera et on donnera sa photo aux journalistes qui la publieront dans tous les journaux et on deviendra célèbres. Et puis, cet après-midi, les autres membres de la bande seront là: à plusieurs, c'est plus rassurant.

L'idée de rentrer faisait bien notre affaire; de toute façon, l'heure du repas

approchait et on avait faim. Sur le chemin du retour, Antoine m'a demandé :

— Qu'est-ce qui va se passer avec
l'abominable géant ? Je veux dire, après
l'avoir photographié ?

— On pourrait essayer de l'apprivoiser…

— Pour l'apprivoiser, il faudrait l'approcher d'assez près… Tu n'auras pas
peur ? a-t-il demandé.

— Bien sûr que non ! Une cheffe n'a
jamais peur !

Mais comme on dit tout à un meilleur
ami, j'ai avoué tout bas à Antoine :

— J'ai un petit peu peur quand
même… Quand je pense aux traces des
grands pieds, j'ai la bouche toute sèche
et les jambes toutes molles. Mais en
même temps, ça me fait comme un
petit frisson dans le dos, et j'aime ça…

— Moi aussi j'aime ça avoir un peu peur, mais pas trop. Tu sais, je peux bien te le dire à toi, Sophie, j'ai peur dans le noir. Depuis que je suis tout petit, je demande à mes parents de laisser ma porte de chambre entrouverte le soir. Je n'ai jamais avoué ça à mes amis : les garçons ne devraient pas avoir peur...

— Pourquoi les garçons ne devraient pas avoir peur ?

— Parce qu'un garçon devrait toujours être brave.

— Et une fille ? Ça ne doit pas être brave ?

— Heu... Pourquoi pas, après tout ? Toi, Sophie, tu es une fille et tu es brave : tu n'as pas peur d'Hortense, et puis, comme tu le disais, il faut être brave pour être cheffe.

— Toi aussi, tu es brave, Antoine. Tu es assez brave pour ne pas être comme tout le monde : la preuve, c'est que tu as une couleuvre au lieu d'un chat, d'un chien ou d'un poisson rouge. Tu es brave même si tu as peur dans le noir.

— Toi, tu n'as peur de rien…

J'ai réfléchi un peu et j'ai avoué :

— Tu sais, des fois, j'ai peur de choses difficiles à expliquer. Par exemple, parfois j'ai peur que mes parents ne soient pas mes vrais parents. Et aussi, j'ai peur que les autres ne m'aiment pas parce que je ne suis pas assez belle…

— Ça, c'est des idées que tu te fais dans ta tête.

— Je sais bien, mais des idées dans sa tête, ça peut être plus effrayant que des vrais monstres.

— Tu crois ? En tout cas, moi, je ne suis pas très sûr d'avoir envie de rencontrer le vrai monstre aux grands pieds…

— Ne t'en fais pas ; toute la bande à Sophie sera là. C'est les autres qui vont être surpris quand ils vont voir les traces !

Là-dessus, on s'est quittés pour aller luncher.

8

Les photos

Pendant qu'on mangeait notre sandwich au beurre d'arachides, moi et ma grand-mère, je n'ai pas cessé de parler du monstre aux grands pieds. Alors, quand je me suis préparée à retourner sur les pentes du Mont-Royal, ma grand-mère a déclaré :

— Je viens avec toi : ma machine à laver est réparée maintenant, et j'ai toujours rêvé de rencontrer un monstre aux grands pieds. J'apporte mon appareil-photo.

Au pied du Mont-Royal, tous mes amis étaient déjà arrivés. J'ai expliqué que la course au trésor était transformée en chasse à l'Abominable Homme des Neiges. Là, les membres de la bande à Sophie m'ont bien déçue.

— Quoi? Un monstre aux grands pieds! s'est écrié Éric. Tu crois que je vais gober ça?

— Ouais! On n'est pas des bébés pour croire à des histoires de gros méchant ogre, a ajouté Chantal.

— Mais je t'assure que Sophie et moi, on a vu des traces! a plaidé Antoine.

— Sophie, elle prend ses désirs pour des réalités, a dit Chantal en haussant les épaules. Moi, je préfère aller glisser. Tu viens, Éric?

Ces deux-là se sont éloignés vers la pente aux glissades.

— Tant pis pour eux! Ils ne verront

pas le monstre aux grands pieds, ai-je dit aux autres. Venez, je vais vous guider.

Mais Nadia et Lucie se tenaient par la main sans bouger.

— Heu... je crois que j'ai oublié mon mouchoir à la maison, a marmonné Lucie. Je vais le chercher.

— Je vais avec toi ! a répondu sa sœur.

— Dites plutôt que vous avez peur ! ai-je crié aux deux filles qui s'éloignaient.

Ma grand-mère a mis sa main sur mon épaule.

— Les autres ont droit à leurs peurs et à leurs opinions, Sophie. Tout le monde n'est pas aventureux comme toi.

J'ai soupiré.

— Bon ! Heureusement que toi et Antoine, vous ne me laissez pas tomber !

On est partis tous les trois à la recherche des pistes. Quand on les a retrouvées, on a fait signe à ma grand-mère de s'approcher avec son appareil-photo. Elle a eu quelque difficulté dans la neige molle avec ses bottes à talons hauts et son grand sac à main. Finalement, quand elle a aperçu les traces, elle a déclaré :

— Ce n'est certainement pas un monstre aux pieds nus qui a fait ces traces : on dirait des marques de semelles.

— C'est vrai, a ajouté Antoine, on dirait des marques de semelles géantes.

— Oh ! je sais ! me suis-je écriée. C'est sûrement un robot géant extra-terrestre aux grands pieds qui est passé par ici !

Là, tout le monde est devenu très excité. Pendant que ma grand-mère prenait des photos, moi et Antoine on discutait à savoir de quoi aurait l'air un robot géant extra-terrestre aux grands pieds.

On a suivi les traces ; à un moment donné, elles disparaissaient dans le chemin déblayé. Ma grand-mère a proposé :

— Allons porter la pellicule à un endroit où on la développe en une heure. Je vous propose de rentrer. Sophie te tiendra au courant des événements, Antoine.

On a fait comme elle l'avait suggéré. Tout le long du chemin, elle grommelait :

— Il doit bien y avoir une explication…

Ensuite, on est rentrées à la maison. Pistache est venu en ronronnant se frotter aux jambes de ma grand-mère. Il se léchait les babines : on aurait dit qu'il souriait. Tout à coup, j'ai eu comme un soupçon. Je me suis précipitée au salon : le bocal d'Alfred était vide, et il y avait plein d'éclaboussures sur la table. J'ai hurlé :

— Pistache, espèce d'assassin ! Tu as mangé Alfred !

Et je me suis mise à sangloter. Ma grand-mère m'a prise dans ses bras en essayant de me consoler.

— Voyons, ne pleure pas. Je t'achèterai un autre poisson rouge.

— Je n'en veux pas d'autre, ai-je répondu entre deux hoquets. Personne ne pourra remplacer Alfred ! Et puis, c'est ma faute s'il est mort. Pistache s'est vengé parce que je lui ai pris son fauteuil.

— Mais non. Pistache est un animal qui a tout bonnement obéi à son instinct. C'est comme ça dans la vie : les gros mangent les petits.

— Pauvre Alfred ! Je ne pourrai même pas lui faire un bel enterrement ! ai-je dit en reniflant. Puis, j'ai demandé :

— Si les plus gros mangent les plus petits, que crois-tu qu'il mange, le monstre aux grands pieds ?

— J'aime autant ne pas y penser, a murmuré ma grand-mère.

On a essayé de passer le temps toutes les deux, mais c'est difficile de s'occuper quand on a le cœur gros et qu'on attend qu'il se passe quelque chose. Finalement, c'était le moment de partir pour aller chercher les photos.

Elles étaient réussies: on voyait très bien les traces. De plus, ma grand-mère qui est intelligente m'avait fait poser le pied à côté d'une marque de semelle géante. Pour l'échelle qu'elle disait, c'est-à-dire pour qu'on voie bien la différence entre les deux; on aurait pu mettre trois semelles comme la mienne dans une seule trace du géant!

En examinant les photos, ma grand-mère a grommelé:

— Hum! je n'aime pas ça... Je crois qu'il vaut mieux prévenir la police. On ne sait jamais... ça peut être dangereux.

Alors, on est allées ensemble au poste de police. Ma grand-mère a dit au policier:

— Ma petite-fille Sophie a une déclaration à faire.

Une déclaration, ça veut dire qu'un policier avec un calepin et un crayon m'a demandé de raconter mon histoire. J'étais très impressionnée d'être questionnée par un vrai policier avec une casquette et un insigne. J'ai parlé du Sasquatch et de l'abominable extra-terrestre aux grands pieds. Ma grand-mère a sorti les photos. Après m'avoir écoutée en mâchouillant son crayon, il a dit à ma grand-mère en lui faisant un clin d'œil :

— Cette petite a beaucoup d'imagination.

— Mais, il y a les photos, a insisté ma grand-mère.

Le policier s'est mis à rire.

— C'est facile de truquer des photos...

— Alors, vous ne croyez pas à l'histoire de Sophie?

— C'est rien qu'une enfant, a fait le policier en plissant le nez comme si je sentais mauvais.

Là, j'ai vu rouge.

— Comment ça, rien qu'une enfant? Pensez-vous que nous autres, les petites personnes, on n'est pas du monde tout comme les grandes personnes?

Ma grand-mère m'a tirée vers la porte en disant d'un air digne:

— Je vais me plaindre au chef de la police, à mon conseiller municipal, et même au maire de cette ville!

— C'est ça, ma bonne dame, plaignez-vous, a fait le policier en nous tournant le dos.

Une fois dans la rue, j'ai demandé à ma grand-mère:

— Comment ça se fait que la plupart des grandes personnes ne nous prennent pas au sérieux, nous autres, les enfants?

— C'est leur façon de se prouver à elles-mêmes qu'elles sont importantes. En rabaissant les plus petits, elles se sentent plus grandes...

— C'est pas parce qu'on est plus grand qu'on est plus important...

— Tu as parfaitement raison, Sophie: l'importance d'une personne n'a rien à voir avec sa taille ni avec son âge.

— Les enfants, c'est important. S'il n'y avait pas d'enfants, le monde serait ennuyeux.

— En effet, Sophie. S'il n'y avait pas d'enfants, la vie des grandes personnes serait triste. Les enfants, ce sont les gens les plus intéressants du monde parce que leurs yeux et leur cœur sont tout neufs.

— Toi, grand-maman, je te trouve aussi intéressante qu'une enfant.

— Sophie, tu viens de me faire un très beau compliment.

— Mais dis-moi, toi qui es savante, qu'est-ce qu'on va faire à propos du monstre aux grands pieds?

— Aujourd'hui, il est trop tard pour faire quoi que ce soit, mais demain, je vais téléphoner à une journaliste de ma connaissance. Si la police ne veut rien entendre, peut-être que ça intéressera les journaux.

Une fois à la maison, le téléphone a sonné. C'était Antoine. Je lui ai raconté la mort d'Alfred et il a eu de la peine pour moi. Puis, il m'a dit:

— Devine ce que j'ai trouvé!

— Heu... le Sasquatch en personne!

— Non, mais j'ai découvert d'autres traces. Devine où.

— J'en ai assez de deviner. Donne-moi la réponse.

— Dans la cour, derrière chez mon grand-père.

— Derrière chez Adrien réparations en tout genre?

— Hé oui! C'est ça. J'ai voulu prévenir mon grand-père, mais il n'était pas chez lui.

— C'est excitant! Hé, mais j'y pense, il faut en parler à la journaliste!

— Quelle journaliste?

Je lui ai raconté la rencontre avec le policier qui ne croyait pas en mon histoire parce que je suis rien qu'une enfant et l'intention de ma grand-mère de téléphoner à une journaliste.

— J'ai une idée! s'est écrié Antoine. Je ne sais pas pourquoi je n'y ai pas pensé avant: j'ai ce qu'il faut pour faire le moulage de pistes d'animaux. Je vais aller prendre un moulage des traces du Sasquatch : ça fera une preuve de plus au cas où le vent effacerait les pistes.

Antoine est un champion en sciences naturelles ; il a une belle collection de moulages de traces d'animaux. J'ai trouvé son idée très bonne. Je lui ai proposé de l'accompagner. Comme il commençait à faire sombre, on a remis ce travail au lendemain.

9

Face à face

Le lendemain matin, il neigeait un peu et il ventait beaucoup. M. Météo annonçait une grosse tempête. J'ai dit à ma grand-mère :

— Moi, j'aime ça les grosses tempêtes parce que quand il y a une bonne grosse tempête de neige, on a congé d'école.

— Mais cette semaine, tu as déjà congé.

— Je sais bien : voilà une belle tempête gaspillée ! Il va falloir que je sorte quand même. Antoine m'attend pour l'aider à faire le moulage des empreintes qu'il a découvertes derrière chez Adrien.

— Tu ferais mieux de rester au chaud. Regarde comme le ciel se couvre : ça ne me dit rien de bon.

— Ah ! non ! Il faut absolument que j'aille rejoindre Antoine. Je lui ai promis. Tu ne voudrais pas que je manque à ma parole d'honneur ?

— Hum ! M. Météo a prédit de la poudrerie : ce n'est pas un temps à se balader dehors.

— Je ne vais pas me promener, je vais travailler, je vais aider à résoudre un mystère. Chez Adrien, c'est à deux rues d'ici. Je t'en supplie...

— Tu n'as pas besoin de sortir tes grands mots. Le mieux serait que j'y aille avec toi. Seulement, Mlle Bourbonnière doit venir pour un essayage.

Finalement, ma grand-mère s'est laissée convaincre. Elle m'a fait enfiler deux chandails l'un sur l'autre et deux paires de bas à l'intérieur de mes bottes. Puis, elle a entortillé mon cou et ma figure dans un long foulard gris qui sentait les boules à mites. Enfin, elle a passé des mitaines par-dessus mes gants et elle m'a poussée dehors en me recommandant de ne pas flâner en route et de revenir au plus tôt.

— Pendant ton absence, je vais téléphoner à mon amie journaliste, a-t-elle ajouté.

Une fois dans la rue, j'avais bien chaud, mais j'avais peine à bouger. Le vent poussait la neige en bourrasques et des bancs de neige commençaient à s'accumuler dans les recoins. Tout était blanc ; il n'y avait presque pas de monde sur les trottoirs. J'étais très excitée : j'avais l'impression d'être une exploratrice en route vers un pays inconnu.

Devant chez Adrien réparations en tout genre, j'ai retrouvé Antoine; il transportait son matériel à moulage dans le grand sac de toile où il place d'habitude les journaux qu'il livre tous les matins dans le quartier. On a contourné le magasin pour aller dans la cour. Là, on s'est rendu compte que le vent avait à peu près effacé les traces qu'Antoine avait aperçues la veille.

J'ai conclu:

— Il faut aller sur le Mont-Royal: à l'abri des arbres, les empreintes seront peut-être encore visibles.

Ma grand-mère m'avait recommandé de rentrer au plus tôt, mais elle ne m'avait pas défendu d'aller sur le Mont-Royal... On s'est donc mis en route, moi et Antoine.

La tempête était là pour de bon. Le vent soufflait de plus en plus fort et nous lançait la neige à la figure comme des centaines de petites aiguilles. Arrivés sur les pentes du Mont-Royal, on a constaté qu'elles étaient désertes.

De peine et de misère, on s'est avancés sur la piste de ski de fond. Une fois sous le couvert des arbres, le vent était moins fort et la marche moins pénible. À un moment, Antoine s'est écrié :

— Regarde ! des pistes toutes fraîches !

En effet, l'abominable extra-terrestre semblait venir tout juste de passer par là ; c'était à croire qu'il appréciait les tempêtes de neige. Antoine a dit :

— Il faut prendre un moulage au plus tôt, avant que le vent n'efface les traces.

Il s'est mis à courir vers une marque parfaite à côté d'un rocher. Il allait enjamber le rocher pour se placer dans la bonne position lorsqu'il s'est empêtré dans son sac de toile. Il est tombé. J'ai couru pour l'aider à se relever mais il a hurlé :

— Aïe ! Aïe ! Je crois que j'ai la jambe cassée ! Je ne peux pas bouger...

Il était tout pâle. Je ne savais pas quoi faire. J'ai regardé aux alentours : il n'y avait personne. Je me sentais perdue dans les bois comme dans les histoires, même si je savais où j'étais. J'ai couru vers le chemin en criant :

— Au secours ! À l'aide !

J'avançais tête baissée contre le vent quand tout à coup j'ai entendu des pas ; ça faisait cric ! crac ! cric ! crac ! sur la neige. Et alors j'ai vu s'avancer deux grands pieds, deux grands pieds verts avec des orteils tout brillants... J'étais comme figée sur place, les yeux fixés sur ces pieds monstrueux. J'ai murmuré :

— Les pieds... les grands pieds du monstre !

Brusquement, je me suis sauvée en hurlant:

— Non! Monsieur le monstre extra-terrestre! Ne me faites pas de mal! Ne faites pas de mal à Antoine!

Je ne courais pas vite car j'avais trop de vêtements sur moi. J'ai entendu les pas des grands pieds qui se rapprochaient. J'étais à bout de souffle. Je me suis cachée derrière un arbre mais je savais que le monstre allait me trouver d'un moment à l'autre. J'ai fermé les yeux et j'ai attendu. Les pas se sont rapprochés: cric! crac! cric! crac! et j'ai entendu une voix qui disait:

— Mais, c'est Sophie! Qu'est-ce que tu fais là, ma petite fille?

J'ai pensé très vite dans ma tête: «C'est la voix d'Adrien réparations en tout genre...» J'ai ouvert les yeux juste un petit peu et j'ai marmonné:

— Attention… le monstre… le monstre aux grands pieds…

— Quel monstre ? Veux-tu bien m'expliquer ce que tu fais ici en pleine tempête de neige ?

Alors, j'ai ouvert les yeux complètement et j'ai regardé Adrien de haut en bas. En baissant la tête, j'ai aperçu ses pieds ; c'étaient des grands pieds verts avec des orteils lumineux !

— Les pieds… les grands pieds… c'était toi !

Là, on a entendu la voix d'Antoine :

— Sophie ! Sophie ! Dépêche-toi ! J'ai froid et ça fait mal.

Sans plus réfléchir, j'ai pris Adrien par la main et je l'ai amené vers l'endroit où Antoine était coincé. Avec le carton qu'il y avait dans le sac d'Antoine, Adrien a réussi à immobiliser la jambe cassée. Puis, il a entrepris de descendre la pente avec Antoine dans ses bras. Rendus sur le chemin, on a rencontré une souffleuse qui déneigeait la voie. J'ai fait de grands signes avec mes bras et l'engin s'est arrêté. Adrien a expliqué au conducteur :

— C'est une urgence : je dois conduire cet enfant à l'hôpital.

Le chauffeur nous a fait monter. Je crois bien qu'Antoine et moi, on est les seuls enfants de Montréal à avoir fait un tour de souffleuse en pleine tempête de neige ! C'était merveilleux d'être perchés si haut dans la cabine de cette énorme machine. C'était comme si on était dans le poste de pilotage d'un gros navire flottant sur une grande mer blanche. Devant nous, la souffleuse avalait la neige pour la rejeter sur le côté de la route. Ça faisait comme une fontaine de neige. C'était

très excitant. C'était encore plus excitant que d'être championne de ski.
Antoine en oubliait son mal.

Adrien avait enlevé ses grands pieds
verts aux orteils lumineux et les avait
posés sur le tableau de bord de l'engin.
Le chauffeur a demandé ce que c'était.

— C'est ma nouvelle invention, a dit
Adrien. Maintenant, je peux en parler
parce que j'ai reçu mon brevet ce

matin. Ce sont des « sabots des neiges », des raquettes ultra-modernes en plastique avec des lumières au bout pour marcher sur la neige dans le noir. J'essayais mon invention surtout le soir et dans des endroits tranquilles; je savais que, pendant une tempête de neige, les pistes du Mont-Royal seraient désertes. Je ne m'attendais pas à y trouver ces deux moineaux…

10

Sophie vedette

En arrivant au pied du Mont-Royal, on a croisé une voiture de police et une camionnette de la télévision. Le chauffeur de la souffleuse s'est arrêté. Un policier est descendu de la voiture et nous a demandé :

— Ces enfants, ce ne serait pas Sophie et Antoine ?

— C'est nous ! que j'ai répondu. Et lui, c'est le monstre aux grands pieds, ai-je ajouté en montrant Adrien.

— Montez dans ma voiture, a dit le

policier. Toute la ville vous cherche. Une dame Dumont a alerté la police, la radio, la télévision…

— Madame Dumont, c'est ma grand-mère, ai-je affirmé, mais elle aime mieux qu'on l'appelle Janine parce que ça fait plus jeune.

— Amenez-nous vite à l'hôpital, a conclu Adrien ; ce garçon a besoin de soins.

Un cameraman est sorti de la camionnette et nous a filmés avant que nous descendions de la cabine de la souffleuse. Ensuite, on a transporté Antoine dans la voiture de la police, et la voiture a démarré en faisant hurler sa sirène. Une journaliste de la télévision m'a demandé :

— Qu'est-ce que c'est que cette histoire de monstre aux grands pieds ?

Alors, pendant qu'Adrien accompagnait Antoine à l'hôpital, moi, je suis montée dans la camionnette de la télévision. Les gens de la télévision ont téléphoné à ma grand-mère pour lui dire que j'étais retrouvée, puis la camionnette a pris le chemin que venait de déblayer notre souffleuse.

À mi-pente, je suis descendue et j'ai guidé le cameraman et la journaliste auprès des pistes du monstre aux grands pieds ; elles étaient à moitié effacées par la neige et le vent, mais elles étaient encore reconnaissables. Là, la journaliste m'a fait raconter l'histoire de l'abominable extra-terrestre aux grands pieds pendant que le cameraman me filmait. Ensuite, on est tous partis pour l'hôpital où on avait amené Antoine pour mettre sa jambe dans le plâtre.

Là, la journaliste a interviewé Adrien pendant que le cameraman filmait de près les « sabots des neiges ». Il a même demandé à Adrien de leur faire une démonstration dans les bancs de neige devant l'hôpital. Puis, la journaliste a interviewé Antoine qui sortait de la salle des soins avec son plâtre tout neuf, mais Antoine s'est mis à pleurer en plein milieu de l'interview en disant :

— Hi, hi ! Avec tout ça, je ne pourrai pas livrer mes journaux cette semaine, et je ne pourrai pas vendre les trois abonnements qui me manquaient pour devenir le « camelot du mois », et je ne gagnerai pas le chandail avec « camelot du mois » écrit dessus !

Adrien m'a regardée et m'a fait un clin d'œil. Il a dit à Antoine :

— Ne t'en fais pas pour tes journaux : Sophie et moi, on s'en charge.

Après, on est allés conduire Antoine chez lui, puis Adrien m'a accompagnée chez ma grand-mère. On était tous très excités par les événements. Ma grand-

mère a préparé des sandwiches qu'on a transportés devant l'appareil de télévision car on ne voulait pas manquer les nouvelles.

Enfin, aux informations, on a montré des images de nous trois dans la cabine de la souffleuse, les traces sur le Mont-Royal, et des petits bouts des interviews avec moi, Antoine et Adrien. Ça passait beaucoup plus vite que dans la réalité : j'étais un peu déçue, même si on m'avait vue en gros plan en train de décrire l'abominable extra-terrestre aux grands pieds, tel que je l'imaginais avant d'avoir découvert que c'était Adrien réparations en tout genre avec ses sabots des neiges...

J'ai dit à ma grand-mère :

— C'est pas juste : je n'ai même pas eu le temps de raconter toute mon histoire et, en plus, ils en ont montré rien que des petits bouts.

Ma grand-mère a dit en riant :

— Comment! te voilà vedette de télévision et tu n'es pas encore satisfaite?

— C'est vrai, a ajouté Adrien. On t'a
donné presque autant d'importance
qu'à moi: pourtant, avec mon invention des «sabots des neiges», on peut

dire que je suis devenu un bienfaiteur de l'humanité.

J'ai demandé :

— Maintenant que j'ai passé à la télévision, croyez-vous que je pourrais faire comme tous ces enfants dans les messages commerciaux, qui disent aux grandes personnes quoi acheter ?

— J'espère bien que non, a répondu ma grand-mère. Les enfants des messages commerciaux, ils répètent comme des perroquets ce que des grandes personnes leur ont dit de dire. Toi, au moins, on t'a laissée raconter ta propre histoire.

Ma grand-mère a raison : je n'aimerais pas qu'on me traite comme un perroquet, même si ma mère dit parfois que je parle comme une pie...

Après le bulletin d'information, le téléphone n'a pas arrêté de sonner :

tous nos amis voulaient nous dire qu'ils nous avaient vus à la télévision. Adrien a déclaré :

— Ça augure bien ; je n'aurai pas de difficulté à trouver un fabricant pour mes « sabots des neiges ».

Avant de se quitter, on s'est entendus moi, ma grand-mère et Adrien, pour aller ensemble livrer les journaux d'Antoine jusqu'à ce qu'il soit rétabli. Pendant la soirée, Antoine a reçu plein d'appels de gens qui voulaient s'abonner à son journal : malgré sa jambe dans le plâtre, il n'aura pas de problème pour devenir le camelot du mois ! Ce soir-là, on a tous bien dormi, moi, Antoine, ma grand-mère et Adrien. Les émotions, ça fatigue !

Conclusion

Quand on est retournés à l'école après les vacances d'hiver, j'étais devenue très populaire. Il a fallu que je raconte devant la classe l'histoire du monstre aux grands pieds et mon expédition dans une souffleuse à neige. Tous les élèves de la classe me trouvaient chanceuse. Hervé, notre maître d'école, en a profité pour nous donner une leçon sur les façons de reconnaître les pistes de différents animaux. On a écrit une lettre collective à Antoine pour lui souhaiter de guérir très vite.

Bien sûr, Antoine ne peut pas venir en classe à cause de sa jambe dans le plâtre : chaque après-midi après l'école, je lui apporte du travail qu'Hervé lui a préparé. Chaque matin, je fais la livraison des journaux à sa place. Ouf ! c'est dur de se lever à cinq heures du matin ! Cette aventure nous a rendus encore plus amis qu'avant, Antoine et moi. Avec l'argent que je gagne en livrant les journaux, je vais m'acheter une paire

de skis. Je n'achèterai pas ceux de couleur argent parce qu'ils coûtent trop cher. J'en ai vu des bruns qui sont en réduction, parce que la saison est déjà avancée : mais comme dit ma mère, si l'habit ne fait pas le moine, la couleur du ski ne fait pas le champion. Je ne deviendrai pas championne de ski cette année, vu que l'hiver achève. Mais peut-être que l'an prochain...

Adrien réparations en tout genre a ouvert une petite usine où on fabriquera les « sabots des neiges » : on en trouvera de toutes les tailles et de toutes les couleurs. Entre nous, il faut que je vous dise que lui et ma grand-mère sont devenus inséparables.

L'hiver achève : j'ai hâte au printemps, mais, quand même, j'aurais voulu que cet hiver-ci dure un peu plus longtemps. Ce n'est pas tous les hivers qu'on découvre les traces d'un monstre aux grands pieds...

Table des matières

Un mot sur l'illustrateur

Michel Garneau, qui signe Garnotte, a déjà fait de la bande dessinée. On peut voir ses dessins humoristiques dans le magazine *Croc* et dans le *Magazine des Expos*. Les enfants le connaissent pour son personnage *Stéphane, l'apprenti inventeur* dans le magazine *Je me petit débrouille*. « Moi aussi je suis tombé amoureux de Sophie », avoue-t-il.

La collection **Pour lire**

Chère lectrice, cher lecteur,

Bienvenue dans le club des enthousiastes de la collection **Pour lire**. Si tu as aimé l'histoire que tu viens de lire, tu auras certainement envie d'en découvrir d'autres. Jette un coup d'oeil aux pages suivantes et laisse-toi tenter par d'autres romans de cette collection.

Je te rappelle que le nombre de petits coeurs augmente avec la difficulté du texte.

♥ facile
♥♥ moyen
♥♥♥ plus difficile

Grâce aux petits coeurs, quel que soit ton âge, tu pourras choisir tes livres selon tes goûts et tes aptitudes à la lecture.

Les auteurs et les illustrateurs de la collection **Pour lire** seraient heureux de connaître tes opinions concernant leurs histoires et leurs dessins. Écris-nous à l'adresse au bas de la page.

Bonne lecture!

La directrice de la collection
Henriette Major

Les éditions Héritage inc.
300, rue Arran
Saint-Lambert (Québec)
J4R 1K5

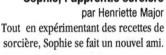

Sophie, l'apprentie sorcière
par Henriette Major

Tout en expérimentant des recettes de sorcière, Sophie se fait un nouvel ami.

La sorcière et la princesse
par Henriette Major

À l'occasion de la fête de l'Halloween, Sophie vit des situations à la fois comiques et émouvantes.

Sophie et le monstre aux grands pieds
par Henriette Major

Aidée de sa grand-mère, Sophie part à la recherche d'un monstre qui a enflammé son imagination.

Sophie et les extra-terrestres
par Henriette Major

À l'occasion d'un séjour en colonie de vacances, Sophie découvre des extra-terrestres. Cette nouvelle aventure l'amènera à approfondir sa relation avec son père.

Sophie et le supergarçon
par Henriette Major

Apprenant que le fils de l'ami de sa mère doit venir passer la fin de semaine chez elle, Sophie part en guerre contre cet intrus, mais lorsqu'il arrive, elle a le coup de foudre pour ce beau garçon.

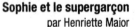

La collection Pour lire

♥♥

Bouh, le fantôme
par Vincent Lauzon

Le fantôme Bouh Frissons et son chien
Requiem vivent à la Maison de chambres
de Madame Frissons, une maison pleine
de personnages étranges...

♥♥

Bong! Bong! Bing! Bing!
par Vincent Lauzon

Lorsque Xavier réussit enfin à entrer dans
l'observatoire de son grand-père astro-
nome, il fait un extraordinaire voyage au
pays des Bong-bongs et des Bing-bings.

♥

Le pays à l'envers
par Vincent Lauzon

En allant à l'école, Alexandre met les
pieds où il ne devrait pas et se retrouve
dans un étrange endroit, *Le pays à
l'envers*, où il vivra une série
d'aventures surprenantes.

♥♥

Le pays du papier peint
par Vincent Lauzon

Marie-Aude nous entraîne dans un
univers fantastique, celui du papier peint
de sa chambre où l'on retrouve des
personnages fabuleux.

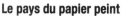

♥♥

Mougalouk de nulle part
par Danièle D. Desautels

Mougalouk, venue d'une autre planète,
est introduite à l'école par une fillette
qui l'a trouvée sympathique. Elle y
vivra une journée mémorable.

Au secours de Mougalouk
par Danièle Desrosiers

Alors qu'ils s'apprêtent à savourer leurs vacances d'été, Rosalie et Julien reçoivent un message désespéré de leur amie Mougalouk. Ils iront lui porter secours sur sa planète lointaine.

Le zoo hanté
par Jacques Foucher

On a tous lu des histoires de fantômes, mais un village hanté par des fantômes d'animaux, voilà qui n'est pas banal! Et curieusement, ces animaux n'apparaissent qu'à certains enfants.

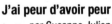

J'ai peur d'avoir peur
par Susanne Julien

Aimes-tu avoir peur? Ce livre te promet beaucoup de plaisir et de frissons.

Le pilote fou
par Danièle Desrosiers

Les jumeaux Bellemare aimeraient bien convaincre leur prof de père d'écrire des romans jeunesse. Il raconte de si belles histoires! Malheureusement, il a d'autres préoccupations…

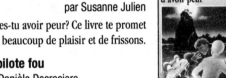

Annabelle, où es-tu?
par Danièle D. Desautels

Annabelle, l'enfant d'un autre siècle, a été enfermée dans le temps par Zar le magicien. C'est toi le personnage principal de cette histoire et les routes qui s'offrent à ton choix te réservent bien des surprises.

La collection **Pour lire**

♥♥♥

Le pion magique
par Susanne Julien

Cette histoire, dont le lecteur ou la lectrice est la vedette, est à la fois un roman et un jeu où l'on est sans cesse tenu en haleine.

♥♥♥

Les mémoires d'une sorcière
par Susanne Julien

C'est avec beaucoup d'humour que la sorcière Maléfice raconte les étapes les plus excitantes de sa vie mouvementée.

♥

Ram, le robot
par Daniel Mativat

Ram, le robot, habitant de la lointaine planète Sirius, rêve de devenir un petit garçon. La métamorphose ne sera pas facile.

Dos Bleu, le phoque champion
par Marie-Andrée et Daniel Mativat

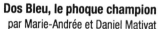

Un phoque à capuchon… sans capuchon se retrouve loin de son univers familier. À travers diverses aventures, il apprend à s'accepter tel qu'il est.

♥

♥♥♥

Les cartes ensorcelées
par Danielle Simard

Échanger des cartes de hockey avec un inconnu aux allures de sorcier n'est pas une mince affaire. Comment Martin va-t-il s'en sortir?

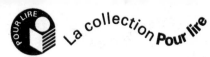

La collection Pour lire

♦♦♦

La revanche du dragon
par Danielle Simard

Luc, un passionné des jeux vidéo, se voit confier une cassette mystérieuse. Parcours avec lui les tableaux de son jeu et laisse-toi entraîner dans cette aventure extraordinaire.

♦♦

Les mésaventures d'un magicien
par Sylvie Högue et Gisèle Internoscia

Hubert, jeune magicien en herbe, est prêt à tout pour séduire la belle Virginie. Mais, la magie lui réserve des surprises. Comment va-t-il s'en sortir?

Les mémoires d'une bicyclette
par Henriette Major

Devenue vieille, une bicyclette se rappelle sa vie mouvementée qui finira dans la gloire alors qu'elle participe à un numéro de cirque.

♦♦

♦♦

Les secrets de Sophie
par Henriette Major

Entre ses propres secrets et ceux des autres, Sophie trouve la vie un peu compliquée. Comment va-t-elle se débrouiller avec toutes ces confidences?

♦♦♦

La planète des enfants
par Henriette Major

Sur une planète inconnue, deux astronautes terriens découvrent une colonie composée entièrement d'enfants d'une dizaine d'années. D'où viennent ces enfants? Comment accueilleront-ils les adultes?

La collection Pour lire

POUR LIRE

Voici tous les titres de la collection classés par nombre de petits coeurs

- ♥ Émilie la baignoire à pattes
- ♥ Le pays à l'envers
- ♥ Dos Bleu, le phoque champion
- ♥ Ram, le robot
- ♥♥ Sophie, l'apprentie sorcière
- ♥♥ La sorcière et la princesse
- ♥♥ Sophie et le monstre aux grands pieds
- ♥♥ Sophie et les extra-terrestres
- ♥♥ Sophie et le supergarçon
- ♥♥ Les secrets de Sophie
- ♥♥ Mougalouk de nulle part
- ♥♥ Au secours de Mougalouk
- ♥♥ Le chevalier Trois-Pommes
- ♥♥ Les mémoires d'une bicyclette
- ♥♥ Bong! Bong! Bing! Bing!
- ♥♥ Bouh, le fantôme
- ♥♥ Le pilote fou
- ♥♥ Le pays du papier peint
- ♥♥ Le zoo hanté
- ♥♥ Les mésaventures d'un magicien
- ♥♥♥ Les mémoires d'une sorcière
- ♥♥♥ Le pion magique
- ♥♥♥ Annabelle, où es-tu?
- ♥♥♥ La revanche du dragon
- ♥♥♥ J'ai peur d'avoir peur
- ♥♥♥ La planète des enfants
- ♥♥♥ Les cartes ensorcelées

 ACHEVÉ D'IMPRIMER
EN NOVEMBRE **1993**
SUR LES PRESSES DE
PAYETTE & SIMMS INC.
À SAINT-LAMBERT, P.Q.